PAPAI PINGUIM

Lindsay Camp
Momoko Abe

Tradução: Erika Nogueira Vieira

GLOBINHO

Na hora de ir para a cama, Sam se sentiu um pouco triste. Seu pai ainda não tinha chegado em casa, então não ia poder contar uma história para Sam.

O pai de Sam é ótimo contando histórias. Ele mesmo inventa tudo. As favoritas de Sam são as histórias de dinossauros com superpoderes.

Mas, hoje à noite, o pai de Sam vai chegar tarde. Então nada de histórias para Sam.

Mas, quando subia na cama, Sam escutou alguma coisa. Ouviu a porta da frente se abrindo e barulho de passos martelando escada acima, de dois em dois degraus.

— Ufa! — disse o pai de Sam, entrando apressado no quarto. — Cheguei bem na hora.

— Humm — Sam disse, baixinho.

— O que foi? — perguntou o pai, sentando-se na cama.

— Você está bem?

— Tô — disse Sam.

— Então por que está com essa carinha?

— É que eu achei que você não fosse chegar em casa a tempo de me contar uma história.

— Mas eu cheguei — disse o pai de Sam.

— Então não precisa ficar amuado.

— Tá — respondeu Sam. Mas sua voz ainda estava um pouco triste.

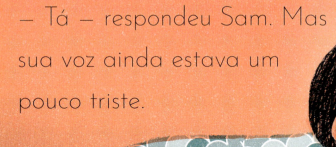

— Já sei o que vai te animar — disse o pai. — Uma história sobre o Capitão Triceratope!

— Ah, não — disse Sam. — Hoje não. Eu quero uma história diferente.

O pai de Sam pareceu surpreso.

— Tá bem. Sobre o quê?

— Você é que escolhe — disse Sam.

O pai pensou um instantinho, coçando o queixo.

— Já sei — disse ele —, vou te contar uma história sobre... um pinguim.

– O pinguim tem algum superpoder? – perguntou Sam.

– Não – disse o pai.

– É campeão mundial de alguma coisa?

—Não, ele é só um pinguim comum. Um papai pinguim comum: o Papai Pinguim.

— Mas o que é que ele faz? — perguntou Sam.
— Ele deve fazer alguma coisa, ou então não seria uma história de verdade.
— Sim — o pai de Sam disse. — Ele faz, sim, uma coisa. Uma coisa impressionante. Será que eu te conto o que é?
— Conta — disse Sam, aninhando-se e fechando os olhos.

— Bem, esse Papai Pinguim tinha um ovo.

— Foi ele que botou o ovo? — perguntou Sam, voltando a abrir os olhos.

O pai de Sam deu risada.

— Isso seria impressionante.

Mas não, foi a mamãe pinguim que botou o ovo. Só que logo depois de botar, ela correu para o mar, atrás de peixes para comer.

— Então ela deixou o ovo com o papai pinguim? Para ele tomar conta?
— Isso mesmo — disse o pai de Sam.
— E sabe o que foi que o papai pinguim fez com ele?
— Não. O quê?

— O papai equilibrou o ovo em cima das patas, para que ele não tomasse friagem demais no gelo.
Agora foi Sam quem deu risada.
— Mas como é que o Papai Pinguim conseguia andar, se estava equilibrando o ovo em cima das duas patas?
— Ele não conseguia. Mal podia se mexer. Ele só ficou parado ali, fazendo de tudo para manter o ovo quentinho, para que o filhote de pinguim pudesse ser chocado em segurança.

— Mas o que tinha para ele comer? — perguntou Sam.
— A mamãe pinguim voltou com peixes?
— Não — disse o pai de Sam. — Ela estava no mar, ficou lá por semanas e mais semanas. Então o papai pinguim acabou ficando com muita fome. Mas muita, muita fome mesmo. E com muito, muito frio também. Coitado do Papai Pinguim!

— E alguém ajudou ele a tomar conta do ovo? — perguntou Sam.
— Não — respondeu o pai. — Ele não queria ajuda nenhuma. O ovo era dele, então era ele que devia cuidar do ovo.

— Mas o que aconteceu depois? — disse Sam.
— Nada — o pai respondeu.
— Nada? — perguntou Sam.
— Mas alguma coisa deve ter acontecido. Nenhum alienígena pousou no gelo?

— Não — disse o pai. — Nada de alienígenas. O Papai Pinguim só ficou lá de pé, equilibrando o ovo em cima das patas, fazendo de tudo para manter o filhote quentinho e seguro, enquanto as tempestades de gelo sopravam e sopravam, mais e mais fortes, mais e mais geladas.

— E depois, o que foi que aconteceu? — perguntou Sam, bocejando, sonolento.

— Nada ainda. O Papai Pinguim só continuou parado ali, em meio aos ventos congelantes, dia após dia, noite após noite,

por semanas e semanas, quase sem se mexer,

e foi ficando com mais e mais fome. Até que...

finalmente o ovo
rachou, e ele viu seu
filhotinho.

Sam mal conseguia ficar de olhos abertos.
— E o filhotinho era mágico? Ele conseguia voar mais rápido do que um avião supersônico?
— Não, os pinguins não sabem voar! Ele era só um filhotinho de pinguim comum, coberto de plumas.
— E era um menino ou uma menina? — perguntou Sam.
— Era menino. Um filhote machinho de pinguim, lindo.

— E depois, o que aconteceu? — perguntou Sam. Mas sua voz já estava abafada e distante.
— Depois a mamãe pinguim voltou — disse o pai.

— E foi a vez do papai pinguim faminto ir para o mar e pegar alguns peixes.

Mas ele voltou assim que pôde,
é claro. Porque o Papai Pinguim
amava o seu lindo filhotinho.
Sam não dizia mais nada.

— Boa noite — sussurrou o pai, cobrindo-o com a colcha de retalhos para manter Sam bem quentinho. Mas Sam não estava dormindo ainda.

— Pai — ele murmurou no travesseiro —, você vai me contar sobre o Papai Pinguim e seu filhotinho amanhã de novo?
— Mas é claro que vou — disse o pai. — Eu prometo.

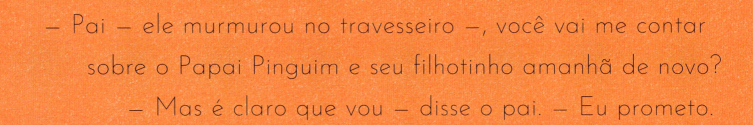

Você sabia que, nesta história, o Papai Pinguim se comporta igualzinho aos pinguins-imperadores de verdade?

1 **Os pinguins-imperadores** vivem na Antártida, no hemisfério Sul. No início do outono, ao chegarem às regiões onde se reproduzem, cada pinguim fêmea bota um ovo e depois, com cuidado, o transfere para seu parceiro, rolando-o com as patas e o bico.

2 Depois ela viaja de volta para o oceano em busca de alimento, deixando o papai pinguim cuidando do ovo.

Ao ar livre, a temperatura pode cair a até 35 graus Celsius negativos – muito mais frio do que o seu freezer!

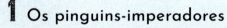

Os ovos têm formato de pera, são verdes bem claros, e mais ou menos do tamanho de uma manga.

3 Os papais pinguins têm que ser hipervigilantes, porque um ovo só aguenta as baixas temperaturas no gelo por um ou dois minutos. E como não comem nesse período, os papais pinguins perdem quase metade de seu peso corporal.

4 Por cerca de nove longas semanas de inverno rigoroso, os papais pinguins-imperadores amontoam-se para manter seus ovos seguros e aquecidos sobre as suas patas, cobrindo-os apenas com uma dobra da pele – sem nunca deixá-los encostar no gelo – enquanto esperam a eclosão.

5 Os ovos começam a eclodir depois de uns dois meses, mas os pinguins fêmeas só voltarão depois de uns três meses. Os pinguins machos aguentam esse frio intenso e essas dificuldades, e às vezes até perigos com predadores por perto. É uma verdadeira prova do vínculo entre os papais e seus filhotes.

6 Quando a mãe volta para casa, o macho está completamente esfomeado, e segue para o oceano em busca de comida para si mesmo e para seu filhotinho.

7 Pelos três meses seguintes, os pinguins macho e fêmea se revezam para ficar com o filhote e cuidar dele, e ir ao oceano para se alimentar, até que os pinguinzinhos tenham idade suficiente para ficarem sós. Logo vão crescer penas impermeáveis nos filhotes e eles poderão procurar comida sozinhos no mar, mas nunca se esquecerão do vínculo especial que têm com os seus papais.

Os pequenos pinguins são alimentados com peixe, lula e crustáceos regurgitados.

Os pinguins conseguem reconhecer seus filhotes pelo som que emitem.

31

Para Finley e Marlowe, nossos belos filhotinhos. – L.C.

Para meu pai. – M.A.

Copyright © 2022 Editora Globo S.A. para a presente edição
Publicado originalmente no Reino Unido em 2021 por Andersen Press Ltd., 20 Vauxhall Bridge Road, Londres SW1V 2SA.
Copyright do texto © Lindsay Camp, 2021
Copyright das ilustrações © Momoko Abe, 2021

Todos os direitos reservados. Nenhuma parte desta edição pode ser utilizada ou reproduzida – em qualquer meio ou forma, seja mecânico ou eletrônico, fotocópia, gravação etc.– nem apropriada ou estocada em sistema de banco de dados sem a expressa autorização da editora. Texto fixado conforme as regras do novo Acordo Ortográfico da Língua Portuguesa (Decreto Legislativo nº 54, de 1995).

Título original: Papa Penguin
Editor responsável: Lucas de Sena
Assistente editorial: Jaciara Lima
Revisão: Jane Pessoa
Diagramação: Ana Clara Miranda

Este livro foi composto na fonte Josefin Sans e impresso em papel Couchê fosco 170g/m² na gráfica Corprint.
São Paulo, Brasil, outubro de 2022.

1ª edição | 2022
Editora Globo S.A.
Rua Marquês de Pombal, 25 - 20230-240 - Rio de Janeiro - RJ
www.globolivros.com.br

CIP-BRASIL. CATALOGAÇÃO NA PUBLICAÇÃO
SINDICATO NACIONAL DOS EDITORES DE LIVROS, RJ

C193p

    Camp, Lindsay, 1957-
    Papai pinguim / Lindsay Camp ; ilustração Momoko Abe ; [tradução Erika Nogueira Vieira]. - 1. ed. - Rio de Janeiro : Globinho, 2022.
    32 p. : il.

    Tradução de: Papa Penguin
    ISBN 978-65-88150-45-0

    1. Ficção. 2. Literatura infantojuvenil inglesa. I. Abe, Momoko. II. Vieira, Erika Nogueira. III. Título.

22-78314   CDD: 808.899282
                CDU: 82-93(410.1)

Meri Gleice Rodrigues de Souza - Bibliotecária - CRB-7/6439